아내의 빈 의자

이문희 시집

시음사
시사랑음악사랑

시인의 말

"가지 마" "가지 마" "가면 안 돼"
이렇게 집사람은 21년 12월 11일 아침 7시 30분. 짐승처럼 울부짖는 애절한 목소리 뒤로 한 채 매정스런 심전도가 두세 차례 뚜뚜뚜 쇳소리 내다가 멈추면서 온 얼굴이 내 눈물로 흥건히 적신 채 한순간에 떠나고 말았습니다. 말도 못 하고 눈도 못 뜬 채 양 눈가에 주르륵 두 줄기 눈물로 하직 인사 대신 나누고 떠나던 순간 메마른 사막 한가운데 덩그러니 서 있는 길 잃는 한 마리 지친 낙타가 되어 서 있고 말았습니다. 전혀 피 한 방울 섞이지 않은 남과 남이 부부라는 이름으로 50여 년을 사는 동안 연리지가 되고 비익조가 되어 구만리장천도 아무 두려움 없이 함께 헤쳐 나왔습니다. 눈 못 뜨고 말 못 하는 집사람이 병실에 살아있는 동안에는 그래도 혼자라는 생각을 못 했는데 정작 마지막 내 곁을 떠났다는 현실 앞에서 내 몸은 머리에서 발끝까지 확연히 반쪽으로 쪼개지고 말았습니다. 사는 동안 잘 해준 것은 하나도 떠오르지 않고 못 해준 후회막심한 생각들만 회한으로 남아 거친 가시 옷 되어 아프게 하였습니다.

10여 년 전 제가 대장암 말기. 생사의 기로에 서 있을 때는 "집사람 혼자 두고 차마 먼저 눈 감을 수가 없다"는 생각에서 양지바른 곳에 꼭꼭 묻어두고 뒤따라가는 것이 올바른 도리라고 생각했는데 현실은 그것이 아니었습니다. 현실은 늙은 남편이 아내보다 먼저 떠나는 게 백번 옳다는 생각입니다. 숱한 밤들을 엄마 잃은 송아지처럼 울며 지낸 낮과 밤이 그 얼마였을지... 오늘이 마지막이라는 마음으로 부부가 후회 없이 열심히 아끼며 살다가 어느 날. 한날 한 시에 두 손 꼭 잡고 함께 저세상 갈 수 있다면 얼마나 좋을까요?

첫 시집을 계획하며 사랑하는 딸 시집보내는 마음으로 두려움이 더 컸습니다. 송구한 말씀이나 부끄러운 졸작이지만 많은 독자들의 사랑과 응원 부탁드립니다. 인생 팔순의 중반. 지금부터라는 생각을 다져봅니다.

그동안 저를 이끌어 길러주신 대한문인협회 김락호 이사장님과 문우님 여러분께 깊은 감사드리며, 시인의 문 열어주신 정찬열 시인님께도 잊지 못할 감사를 드립니다. 문학 어울림의 주응규 대표님을 비롯한 문우님 여러분, 임숙희 지회장님과 경기지회 문우님 여러분 그리고 문학의 숲 이정선 회장님과 문우님 여러분께도 감사드리며, 수많은 시평을 써 주시면서도 울면서 쓰시기는 이번이 처음이었다는 문학 평론가이시며 시인이신 조서희 교수님을 비롯한 한국시인학교 문우님, 월간 "문학바탕"의 곽혜란 대표님과 문우님 모두에게도 깊은 감사드립니다.

제가 힘들고 어려울 때마다 죽음을 넘나드는 대속 고통 혼자 감내하시며 오늘을 지켜주신 나주 성모님 동산의 율리아 자매님께도 마르지 않은 눈물로 감사를 드립니다.
늦은 밤 잠 못 이루고 교정을 도와준 인어공주 내 막내딸 수진이와 그리고 가족들 형제자매 친인척 모두에게도 진한 고마움과 사랑의 뜻 전합니다. 평소 저를 아끼고 사랑해 주신 잊지 못할 소중한 선. 후배 모든 분들에게도 이 자리를 빌려 거듭 깊은 감사의 말씀 올립니다. 감사합니다.

시인 이문희

* 목차

제1부 사하라의 눈물

제2부 낙엽 진 하얀 목련

제3부 둥지

✱ 목차

제목 : 흔하디흔한 그말
시낭송 : 박영애

제목 : 치매(癡呆)
시낭송 : 임숙희

제목 : 능소화
시낭송 : 박영애

제목 : 유품 정리
시낭송 : 박영애

제목 : 장 보러 가는 길
시낭송 : 장화순

제목 : 첫눈
시낭송 : 박영애

제목 : 우리 아버지
시낭송 : 임숙희

본문 시낭송 모음

제목 : 사하라의 눈물
시낭송 : 박영애

제목 : 낙엽 구르는 소리
시낭송 : 장화순

제목 : 엄마 잃은 송아지
시낭송 : 박영애

제목 : 내 여자
시낭송 : 박영애

제목 : 하얀 목련
시낭송 : 박영애

제목 : 아버지
시낭송 : 박영애

제목 : 소낙비 내리던 날
시낭송 : 박영애

영상은 YouTube 정책 또는 운영 관리에 따라 삭제될 수도 있습니다.

시인은 자연을 이야기하고 시낭송가는 자연을 품었다
글자는 날개를 달아 언어로 날고 소리는 자연에 눕는다

삼신(생일) 상

노인 장기 요양급여
4급인 중증 환자가
삼신상을 차렸습니다

음력으로 사월 이십팔일
내 생일 아침 06시
치매 중증 아내가 잠을 깨웁니다

가지나물 콩나물
고사리 도라지 숙주
대추 밤 곶감 배
미역국 시루떡 갈비찜이랑

삐뚤삐뚤 비리 먹은 망아지
어떻게 걸어서 장을 보고
서방님 생일은 어찌 준비하고
생각을 떠 올린 건지

정성스러운 삼신상 앞에
두 무릎 가지런히 꿇고
나보다 내 아내 살려 달라
기도가 목이 메어
울고 또 울고 말았습니다.

달맞이꽃

토닥토닥 밤비 내리는
노오란 달맞이꽃
꽃잎 지는
천둥소리 들린다

비 내리는 어느 날
운신조차 어려운 아내가
후줄근히 비를 맞으며
한사코 옮겨 심은 꽃

아침이면 활짝 반기는 미소
따라 웃던 야윈 아내가
밤새 내리는 빗소리에
잠 못 이루어 앓는 소리 낸다

꽃잎 떨어진 온통
노란 꽃밭에
나는 당신만을 기다릴래요
눈시울 뜨거운 무언의 사랑.

제1부 사하라의 눈물

흔하디흔한 그 말

부천 순천향병원 중환자실
내 아내 면회를 갔습니다

엄마 우리 식구 찾아왔어
엄마가 가장 보고 싶은
아빠랑 우리 남매 찾아왔는데
왜 눈도 안 뜨고 말이 없는 거야
눈이라도 떠서 우릴 보라고

목메어 우는 아이들 곁에서
흔하디흔한 사랑한단 그 말
인색했던 뉘우침이 피를 토하듯

여보 사랑해. 사랑해
사랑한단 말이야!
아무리 얼굴을 감싸고 어루만져도
이미 식물인간 된 아내는

입술만 몇 번 움직이다가
아는지 모르는지
눈도 못 뜨고 맙니다

주님, 성모님, 하늘이시어
조상님, 삼신님, 조왕신님
천지신명님이시여!
안쓰럽고 불쌍한 내 아내
제발 살려 주소서!
제발 좀 살려 주시옵소서!

제목 : 흔하디흔한 그말
시낭송 : 박영애
스마트폰으로 QR 코드를 스캔하
시낭송을 감상할 수 있습니다

사하라의 눈물

그대 떠난 지 수개월이
지났는데도
꿈인지 생시인지
사하라의 거친 꿈만 꾼다

한 치 앞이 안 보이는
모래바람
도깨비장난처럼
앞을 가로막고 선
모래언덕

느닷없이 수십 길 아찔한
낭떠러지 단애가
입을 벌리고 굶주린
사자처럼 달려든다

입술은 말라붙고
목은 타는데
눈시울 깡마른 오아시스

지친 낙타. 실낱같은 그리움
꿈조차 꿈이 되어 끝이 없는
사하라의 비정한 그대 모습

제목 : 사하라의 눈물
시낭송 : 박영애
스마트폰으로 QR 코드를 스캔하면
시낭송을 감상할 수 있습니다

제1부 사하라의 눈물

복중의 복(죽음 복)

복중에는 죽음 복이 제일이라 하기에
나도 그 복을 누리고 싶었습니다

살 만큼 살아온 지친 심신을
평생을 의지하고 살아온 아내의 포근한
무릎 위에 편히 잠들고 싶었습니다
그러나 마지막 가는 죽음 복조차도
박복한 내 차지는 안 되나 봅니다

극심한 항암치료 일곱 번째를 가까스로
견뎌내던 아내가 정신 줄 놓고
자기가 먼저라고 오기를 부립니다

아침에 눈 뜨기 바쁘게 여보, 엄마
어디 가셨어 방금 여기 계셨는데
큰언니 작은언니들도 함께였는데
말도 없이 어디들 가신 거야?

수십 년 전에 세상 떠난 망자들과
이미 함께 사는 아내의 모습이 핑그르르
폐부를 찌르고 눈시울 적십니다

잠시 밖에 나갔다가도 집을 못 찾아
헤매이고 아파트 키 번호를 몰라
집에 들어오지도 못해 하얗게 마른 입술
지친 노구를 아파트 계단에 죽은 듯
뉘이곤 하는 아내를 혼자 남겨 두고

평생을 함께 걸어온 소중한 사람 두고
어찌 내가 먼저 가겠다는 말 차마
입술이 얼어붙고 맙니다

봄이면 꽃 피고 새 우는 양지바른 곳 찾아
내 손으로 꼭꼭 묻어 주고 가슴으로
애간장 녹여 삼년상 울어 준 다음
더는 미련도 여한도 없이 어느 날
조용히 그 곁에 이 한 몸 누이고픈
마음 그것이 마지막 내 박복한
죽음 복이 되고 마는가 봅니다.

　　　제1부 사하라의 눈물

임종의 위기에 서서

9월 16일 23 : 30분 깊은 밤 한밤중에
폰이 울렸습니다 소스라치게 놀란 가슴
낯익은 간호사 다급한 전화 목소리

환자의 임종이 다가와 있음으로 가족들
지금 바로 와 임종을 지키라는 연락이었습니다.

혼비백산한 정신으로 아들딸 급히 깨워
달려간 병실에는 머리맡에 걸어 둔
혈압 측정기 80 − 60을 가리키고 집사람
숨소리 다급히 잦아들고 눈만 뜨고
깜박거릴 뿐 적막한 병실

이대론 도저히 보낼 순 없어
지체할 시간 없이 어서 빨리 혈압강화제
놓아 달라 애걸복걸 2시간 후 120까지
간신히 피 말리는 위기를 넘겼습니다

5일 앞둔 한가위 대명절. 비록 같이
지내지 못한다 해도 같은 하늘 아래
함께 있고 싶어서 한가위라도 지낼 수
있도록 해 달라고 매달렸습니다.

가련한 소망을 뿌리치지 않으신 하느님
은총으로 한가위 날 오후에 면회를 할 수 있었습니다

"여보 미안해,
팔월 한가위도 함께 하지 못하고
병석에 누워 있으니 정말 미안해"
내 목소리 알아나 듣는지 마는지
왜 이리 말이 없는가

야윈 얼굴 감싸 안고 목이 메어
숨죽여 울어도 말 한마디 못 하고 눈만
껌벅거리다가 눈시울에 고이는 이슬
기가 막힌 의사소통이라니

그런 사람 혼자 뉘어 놓고 집에 돌아와서도
추석 명절 연휴 밤낮으로 껌벅거리던
티 없이 맑은 그 눈동자 지울 수 없으니

오, 하늘이시여
백세 시대에 접어든 세상 아직 칠순의
중반을 살아 온 안쓰럽고 가련한 내 아내

인색했던 사랑한단 그 말 한마디
하루에도 수십 번씩 할 수 있는 속죄의
기회를 베풀어 주소서 부디
죄 많은 이 사람 간절한
마지막 소원 들어 주소서.

15   제1부 사하라의 눈물

봉석묘원 성묫길

경주이문 익제공파
32대손 휘 "석"자 "복"조
슬하 39대손 "상"자행
53기 합동묘역

사방팔방 산재한
조상님 귀하신 얼
죽기 전에 한곳에 모시어
영원무궁 기리고자던 날

봉분을 올리던 그 순간
봉산 골짜기 일대가
황금빛 운무로 가득 채운
찬란한 명당의 꽃을
피우셨습니다

2012년 6월 2일
정성스런 제막식을 올리고
자손만대 번영과 돈목을
빌고 빌었습니다

그런 장 주부 말도 못 하고
면회조차 금지된 중환자실
식물인간 되어 누워 있다니요?

중추절 지나고 성묘 가던 날
속 좁은 이 불효 자손
두 다리 구르면서 오호 조상님!
목을 놓아 대성통곡
멈출 수가 없었습니다

제1부 사하라의 눈물

황소개구리

1970년도
가난했던 시절
굶주림 벗어보자고
먼
미국에서 시집온
처녀 총각들

땅속 굴을 파고 동면
봄이 오면
가장 먼저 찾는
몸살 나는 임 생각

물길 따라 걷는 원천길
대추나무 쉼터
감나무 쉼터
그냥 쉼터
솔향기 쉼터
지나오는 동안

꿰액꿰액 꿰액꿰액

소낙비 내린 뒤
목이 부어오른 황소개구리
십 리 밖 임의 발자국
아장아장 걸음걸이
어느 세월에
만나 볼 수나 있을런지
살아나 있을런지

제1부 사하라의 눈물

허기진 달빛

한밤중
길바닥에 새겨진 발자국 따라

허기진 한숨 머금고
먼 길을 돌아서 가던 나그네
달빛으로 허기를 채운다

깨알 같은 별들의 눈물로도
채울 수 없는 허기
지친 발목이 시리다

텅 빈 밤하늘로 향한
나그네의 눈 속엔 아마
두둥실 둥근달이 떠 있을지

자신의 자신조차도 상실한
빈껍데기 나그네 들쳐 업고
새벽을 걷는 창백한
지친 달이 서럽다.

치매(癡呆)

장맛비를 맞으며
뽀오얀 물안개 속을
우산을 지팡이 삼아
쌀몸으로 비를 맞고 간다

보는 이 마음만 젖을 뿐
추적추적
아무렇지도 않게
빗속을 걸어서 간다

30여 년 전 세상 떠난
엄마 따라간다고 한다
짐 보따리 싸서 함께 가자고
먼저 간 언니가 손짓한다고 한다

말리는 사람 눈에서
눈물이 흐르고 가슴 시려도
가는 사람 무엇에 홀린 걸까
태평스러운 젖은 저 눈빛

제목 : 치매(癡呆)
시낭송 : 임숙희
스마트폰으로 QR 코드를 스캔하면
시낭송을 감상할 수 있습니다

제1부 사하라의 눈물

낙엽 구르는 소리

울어도, 울어도
끝이 없는
낙엽 구르는 소리

무거운 동토를 머리에 이고
꽃 피는 봄을 함께 웃으며
넘쳐나는 기쁨을 주체 못 하고
잠 못 이루는 목마른 밤이
짧을 때도 있었습니다

허공에 높이 뜬
노고지리 노랫소리에
벌 나비 날아와
아지랑이 함께 춤추는 날들도

마른 나뭇가지에
달랑 홍시 하나 매달아 놓기 위하여
바람 불고 눈, 비 오는 숱한 날도

울며불며 긴 밤을 하얗게 새운 날도
창밖에 낙엽 구르는 소리에
모두 실어 보냅니다.

제목 : 낙엽 구르는 소리
시낭송 : 장화순
스마트폰으로 QR 코드를 스캔하여
시낭송을 감상할 수 있습니다

참새 한 마리

새벽별 반짝이는 이른 아침
집사람 야윈 손 꼭 잡고
무거운 발걸음 부축해
아침 운동 힘든 발걸음

쨋쨋쨋 쨋 쨋쨋쨋 잭
귀여운 참새 한 마리
뭘 말하려는 건지
깡충깡충 발 앞에 뛰는데

여보, 저 참새 날 알아보나 봐
텃밭에 따라와 재잘거릴 때마다
모이 한 줌씩 준 것뿐인데

안 죽고 살아와
참 반갑다고 인사 하나 봐
가슴으로 거둔 사람들은
온 데 간 데 보이지 않는데

저게 저 째끔한 게 그것도
인연이라고 나를 반기나 보네
이슬 맺힌 집사람 바라보는
눈가에 핏빛 눈물 고이네

23   제1부 사하라의 눈물

가슴 시린 저항

새벽 3시
휴대폰 신호가 울린다

[여보세요
여기 특수병동 11층인데요.
ㅇㅇㅇ환자분 보호자 되시죠?
지금 환자가 설사를 하여
병실 바닥에 깔아뭉개고
난리가 났어요]

야간 근무조 설익은
나이팅게일 잔뜩 짜증 섞인
당황한 목소리가 들린다

주간에도 엄격한 면회제한
한 번에 30분 이상 머물지
못 하게 하는 엄한 규칙은 어쩌고

코로나 엄중한 한밤중에
주섬주섬 옷 갈아입고
한달음에 콜 불러 달려간다

이미 간병 조무사 여인들
익숙한 솜씨로 처리가
말끔히 끝난 후였다

죄송합니다. 미안합니다.
민망하고 송구하여
인사하기에 급급했다

야위고 초라한 집사람
오늘따라 움푹 깊어진 눈동자
미안으로 그늘진 눈빛이
슬픈 별처럼 눈물 고인다

여보, 괜찮아 괜찮아
기저귀 채워 주었으면 그냥
누워서 일을 보아도 되는데

촌각을 다투어 갑자기
쏟아져 나오는 급한 상황
한밤중 어린 간호사들
차마 깨우기가 미안해
혼자서 화장실 가려는데

제1부 사하라의 눈물

몸이 맘 같지 않아 철썩
침대 밑에 주저앉아
양쪽으로 새어 나오는 것들을
황급히 손으로 쓸어 모으는데

우르르 갑자기 모여든 간호사들
정신병자 취급을 하면서
당신조차 망신당하게 하고
정말 미안해 미안해
깡마른 어깨가 파도를 탄다

괜찮아 괜찮아
마른 얼굴에 흘러내리는
눈물 닦아 주는데
가슴 시린 저항, 흐린 눈빛이
꺼이꺼이 한밤중에
참지 못한 거위 울음소리

소나기 내리듯
창백한 아내 얼굴에
뜨건 눈물만 쏟아져 적시네

석양의 타는 노을

망망대해 일엽편주
예측불허의 험난한 파도
잘도 건너 석양에 걸렸네

석양의 타는 빛이
아무리 고와도 끼욱끼욱
분주해진 갈매기 떼
울음 속에 숨넘어간다.

땅거미 내리고
어둠의 장막이 나래 펴기 전
마지막 석양의 타는 노을
마음껏 화려하게 불태우자

되돌아올 길이 없는
영원불귀 마지막 가는 길
아름답게 모닥불 피워
후회 없이 꽃 피워 보자

작은 행복

특수병동 11층 1132호실
코로나19 때문에 더욱 엄격해진
상황인데도 한밤중에 쏟아지는
집사람 비상령 덕분에 침상 밑
보조의자 밤을 지낼 특혜를 누렸다

10년 전 내가 앓던 무서운 암병동
병실에서 밤새우려 울며 고집하던
사람 억지로 쫓아 보냈던 그 의자

"여보 나 화장실 갈래!" 새벽 3시
어김없이 잠결에 부리나케 깨어나
부축하여 실내 회장실 간다

부부란 무엇이길래 거침없이 환자복
겉기저귀 속기저귀 벗기면 이미 일은
크게 벌어진 후였다 어느 아들 딸
며느리가 이 일을 해낼 수 있을까

속살 앞뒤로 온통 짙게 바른 검은
머드 팩, 하나도 망설임 없이 따뜻한
물로 샅샅이 씻기어 속기저귀
겉기저귀 입히고 새 환자복 입혀
자리에 뉘이면
"여보 당신 있으니까 참 좋다
나 잠이 오네 먼저 한숨 잘게"

깡마른 야윈 얼굴에 잔잔한 미소,
잠이 든 지극히 평화로운 모습
그동안 이런 작은 행복조차
무심하고 살았던가? 때늦은
회한의 눈물이 두 볼을 탄다

제1부 사하라의 눈물

외출

서툰 남자 가정부 잠시 반찬가게
시장도 볼 겸 길을 나선다
재래시장도 옛날과 달라 조명등
불빛에 밝고 정갈스러워 좋았다

장바구니 들고 오가는 사람들
대충 모두가 여성들 세상인데
쌀에 뉘처럼 낀 내가 좀 수줍다

정육점 양복점 양품점 채소 과일
생선가게 어물전 꼴뚜기 해물파전
그중에도 제일 눈에 띄게 화려한
여성 옷 가게 스스름없이 들어가
집 사람 속 옷을 고른다

"할아부지 여긴 여성들 옷 가겐디유?"
눈치 없는 우둔한 여종업원 참견에
부끄러운 미소가 답이다

집 나온 지 어언 3시간, 부리나케
집사람에게 전화 계속 안 받고 불통
갑자기 불안하고 초조한 마음
한달음에 달려간다

역시나 아파트 계단에 뿌리째 뽑혀
시든 풀잎 지칠 대로 지친 영락없이
죽은 듯 초라한 할미꽃

핑그르르 눈물이 돈다
저승길도 혼자 보내면
어찌 찾아갈 수 있을런지

제1부 사하라의 눈물

쇠진해진 선망증

얼마나 아프고 그 고통 심했길래
정신 줄까지 마저 놓아 버리는가?

일곱 번째 항암치료 이후론 그동안
치료 중일 때만 발작을 일으키고
잠시 정신을 놓는가 했는데

횟수가 지날수록 집에 와서까지
점점 혼란의 늪 속을
허우적허우적 헤매더니

여덟 번째는 입원 일자 다시
찾아오도록 끝없이 혼자만의
광야를 애처로이 헤매이고 있네.

이제는 저 사람 운명이 내 손안에
달려 있는데 정신과 육신의 사이에서
도대체 나는 어느 길을
손들어 주어야 하는지?

이러다가 내가 먼저 떠나기라도
한다면 히죽히죽 웃으며
가련한 텅 빈 내 아내

싸늘한 정신병원 요양원에
내팽개쳐져도 모를 외롭고 가여운
운명을 어찌 홀로 두고 나 혼자서만
눈을 감을 수 있을까?

춥고 삭막한 이 세상을
어찌 홀로 두고 나 혼자서만
눈을 감을 수가 있단 말이냐?

제1부 사하라의 눈물

아내의 자리

전혀 피 한 방울
섞이지 않은
남남으로 태어나
부부라는 이름으로 만났다.

서로 다른 광산의 광석도
용광로에 넣고 함께 끓이면
한솥의 끓는 용암이 되어
강철이 되고 명검이 되듯이

내 핏줄로 이어진
내 부모 내 형제
자식들 모두 다
뜬구름 되어 사라지고

찬 서리 내리고
체온 식어지는 어느 날
남 몰래 뒤돌아서 우는

가장 소중한 무촌(無寸)
죄스러운 후회만 남겨 놓는
없어서는 안 될 귀중한 자리.

그리움

이가 시리도록
못 견디게 그리울 땐

솔밭 사이로
숨어 들어가
어금니를 깨물고
실컷 울어요

함부로 눈물 보여선
안 되는 남자의
아픔이기 때문에

흙 속에 깊이 파묻고
어두운 솔밭 길
혼자서 휘청휘청 내려옵니다.

마지막 가는 길(永別)

신축년 12월 11일 06시
드디어 애처로운 나이팅게일
울음 울기 시작하였습니다.

"위기 상황입니다 임종의 자리
지키세요 코로나19 때문에 보호자
한 분만 빨리 오세요"

하늘이 무너져 내리고 후들후들
떨리는 발걸음 땅바닥이 흔들흔들
짓찢어져 디딜 수가 없었습니다.

혼비백산 달려간 병실 집사람
침대는 이미 간호사실로 옮겨지고
숨이 턱에 닿은 내 아내

눈도 못 뜨고 말도 못 하고 숨 쉬는
것만도 힘 들어서 얼굴을 감싸 안고
울음 울어도 아는지 모르는지

머리맡에 심전도가 날카로운 금속성
비명만 더욱더 생이별을 독촉하며
줄다리기를 하고 있었습니다

여보,
가면 안 돼. 가면 안 돼.
가지 마. 가지 마.
제발 나만 두고 가지 마아-

그러기를 한 시간여 07시 30분에
내 사랑은 두 줄기 눈물만 주르륵
말 한마디 못한 채 마지막 가는 길
가고 말았습니다.

여보, 미안 미안해.
사랑해. 사랑해.
눈물방울만 풀. 풀. 풀.
천사들의 날갯짓
하늘을 날고 있었습니다.

제2부 낙엽 진 하얀 목련

하얀 소복 2

온 천지 간에
풀 풀 하얀 소복
첫눈이 내리고

하염없이 쏟아지는
뜨거운 방울방울들
눈을 녹이네

사방팔방 둘러보아도
보이지 않고
목이 터져라 불러 보아도
대답조차 없는

눈 속에 푹 파묻혀
보이지 않는 매정한
사람아!

이 책. 이 시집
시인이 부르는 이 노래가
마지막 임을 보내는
애 간장 녹이는
통한의 노래일 줄이야

오!
하늘이시여
하늘이시여!

능소화

얼마나 그립고 아팠으면
뽀드득뽀드득
지붕 꼭대기에 기어올라

매정스레 등 돌리고
떠나가 버린 임
그림자라도 보고지고

가슴 시린 검붉은 상처
쿵~ 쿵~ 쿵~
지축을 울리며
지는 꽃봉오리

온몸 저리게 멍든 가슴
두둥실 하늘을 떠도는
발기발기 애간장 녹이는
피맺힌 통곡 소리여!

제목 : 능소화
시낭송 : 박영애
스마트폰으로 QR 코드를 스캔하면
시낭송을 감상할 수 있습니다

제2부 낙엽 진 하얀 목련

49재의 간절한 기도

하도 가엾고 안쓰러워서
시집을 때 마련해온 머리맡
화장대 위에 영정사진 모시고
49일간 내 손으로 조석마다
진짓상 올려 49재를 모셨습니다.

한 평생을 해바라기 되어
순종과 도리로 숨죽여
살아온 착한 내 아내가

뜻밖에 무서운 암의 덫에 걸려
시한부 인생을 선고받게 된
청천벽력 같은 억울한 마음을
주체할 수가 없었습니다.

명문가 집안의 여섯 공주 중
눈에 넣어도 안 아플 막내딸
애지중지 모든 사랑 한 몸에
받고 자란 귀한 사람인데

하필 고구마 넝쿨처럼 가난이
주렁주렁 매달린 장남을
"사람 하나만 보고 선택했다"는
큰 실수로 모진 고생 한 몸에 진
아내가 하도 안쓰러워 웁니다.

조상 대대로 기제사, 생신날
정월 초하루 대보름 팔월
한가위 대명절, 집안 대소사
친정집 자매들 애경사까지

전라도 천리 먼 고향 길을
때마다 열두 시간 호남선 콩나물
완행열차에 시달리는 것쯤이야
불평불만 한 마디 없이 챙겨 온
도리에 순종해 온 아내였습니다.

설날, 대명절엔 손끝 저리게
박봉을 쪼개어 모아 두었다가
자식들, 손주들에게 나누어줄
부모님 세뱃돈 새 돈으로
봉투 봉투 미리 준비해 드리고

제2부 낙엽 진 하얀 목련

이십 리도 훨씬 넘는 영산포
5일 시장 보아다가 제수 준비
기제사 모셔온 큰 며느리.

어찌 저리도 포도송이 같은
암세포가 온몸에 번지는 줄을
전혀 느끼지도 못했을까

십 년 전 내가 암으로 누웠을 땐
매서운 눈보라 휘날리는 한 겨울
중앙공원 가로질러 죽 그릇
품속에 안고 추위도 잊은 채
눈 속을 헤엄쳐 오던 내 아내

수시로 사람이 죽어 나가는
무서운 암 병동 6인실
보조의자에 몸을 뉘어 밤새
내 곁을 지키려던 사람을
집으로 쫓아 보낼 때마다

고드름 주렁주렁한 동백나무
울타리 위에 기우는 석양을
뒤돌아 눈물 뿌리며 뒷걸음
휘청거리던 안쓰러운 사람

마지막 선고를 받고도 정작
그런 줄도 모르는 텅 빈 의식이
하도 서럽고 가여워서
깡마른 아내를 끌어안고
숨이 막혀서 속울음 웁니다.

중죄인 엎드려 간구합니다.
21년 12월 11일 새벽 07:30분
매정스레 데려가신 내 아내
천국으로 인도하시어 영생의
극락을 누리게 하여 주소서!
부디 영생의
극락을 누리게 하여 주소서!

엄마 잃은 송아지

음매 음매에 늘 푸른 들판에
엄마 잃은 송아지 왕방울 눈
눈물 그렁그렁 저세상 가는
엄마 그리워 운다

늙어서 남편이 먼저 죽으면
아내는 더욱 강한 엄마가 되지만
아내가 먼저 죽으면 늙은 남편은
엄마 잃은 세상천지에 외로운
슬픈 송아지가 된다

병원 중환자실 눈도 못 뜨고
말도 못 해 숨만 쉬는 아내
여보 나 왔어, 나를 몰라봐
내 목소리 안 들리는가?

말을 못 하면 눈이라도 한번
떠보던지 아는 체해보오?
감긴 두 눈에 눈물만 고이고
볼을 적시는 아내 얼굴 부여안고

음매 음매에 찢어진 가슴
어미 잃은 늙은 송아지
애를 태워 하늘 보고 운다
가슴 시리게 목이 메어 운다.

제목 : 엄마 잃은 송아지
시낭송 : 박영애
스마트폰으로 QR 코드를 스
시낭송을 감상할 수 있습니

44

솔안공원 둘레길

솔안공원 둘레길
맑은 하늘 중천에
창백한 낮달이 굽어보고

이른 봄부터
늦은 가을까지
새벽 일찍 흐느끼는
쑥국새 우는 소리

푸른 솔 숲속으로
까치 한 쌍 비상하고
둥지 안에 비비대는데

뒤뚱뒤뚱 할아버지 할머니
손에 손을 맞잡고 걷는
잉꼬부부 고운 그림
찬 이슬 앞을 가리네

뚜벅뚜벅 혼자서 걷는
피눈물 한이 서린
솔안공원 둘레길…….

빈 의자

역전에서 집에까지
500여 미터
중간지점 가게 앞에
덩그러니 혼자 앉은
등받이 없는 빨간 빈 의자

싸늘한 소소리 찬바람
낙엽 구르는 소리
비둘기 한 쌍 날아와
옛 주인 찾아 구구 대는데

마중 나온 구부정한 허리
서리 내린 할머니
내자(內子)의 모습 오간데 없고
찾아올 주인 없는 텅 빈 의자

석양이 붉게 물든
서편 먼 하늘
길 잃은 기러기
울며 울며 홀로 날으네

텅 빈 잠자리

다섯 자 반에
55kg 임자 작은 체구
구만리장천을 떠도네

만취한 몸 죽은 듯
거실 찬 바닥에
잠들어 있어도
이젠 잔소리하는 이 없고

깨어있는 유일한 친구
TV. 저 홀로 맘껏
떠들어 대고 있구나

가까스로
불쌍한 내 친구
입을 틀어막고
적막의 어둠 속
엉금엉금 기어드는
싸늘한 잠자리

꿈속에서라도
한 번 꼭
보고 싶은 쭈글쭈글 흰머리
베갯잇 적시는 임자 그 얼굴

47   제2부 낙엽 진 하얀 목련

이별의 의미

위로는 조부모, 부모님 상
아래로 초등학교 3학년 누이와
매제 셋 고모부님

13년간 모신 장모님 상
손위 동서 처형 아홉 분
끔찍이나 사랑 주신
외조모님 외갓집 여섯 분

적잖은 이별의 아픔을
견디며 살았습니다

수많은 이별들이
태풍처럼 지날 때마다
들이킬 수 없는 슬픔을
이겨내야 했지만

나이 들어 먼저 보내야 하는
아내와의 이별은 확연히
내 몸 반쪽을 찍어내는 죽을 만큼
못 견디는 쓰리고 아픈 통한

피 한 방울 섞이지 않는
그가 이를 악물고
이제서야 한 몸이었음을
통절하게 못 견디는 고통입니다

유품 정리

도저히 살아 돌아올
가망이 안 보여
하나씩 하나씩
가족 몰래 유품 정리를
하기로 하였습니다

한 가지 한 가지씩
버릴 적마다 한숨과
시야를 가리는 짙은 운무
눈시울 뜨거운 방울방울들

장롱 속 깊이 꼭꼭
보물처럼 간직해 둔
첫날 밤 깔고 덮었던
곱고도 고운 원앙금침

뜯지도 않은 상자 째로
쌓아 둔
낭군의 양말과 속옷들

기워 신은 임자 양말 짝
다 헤져 헐거운 팬티와
구멍 난 내복들을 한밤중
숨죽여 끌어안고
흐느껴 울고 울었습니다.

제목 : 유품 정리
시낭송 : 박영애
스마트폰으로 QR 코드를 스캔하면
시낭송을 감상할 수 있습니다

제2부 낙엽 진 하얀 목련

울보

날마다 웁니다
그립고 가여워
365일을 울었습니다

영결의 운명 앞
뒤처진 할미는 강해지지만
할배는 몸과 마음 모두가
허물어지고

울고 싶은 울음도
억지로 참으면 병이 된다는데
모진 생명
아직 죽고 싶진 않은 건지

깡마른 가지에 물이 올라
꽃망울 부풀고
임 그린 새들의 울음소리
봄은 다시 찾아오건만

하늘하늘 불어오는 봄바람
춤추는 아지랑이까지도
한숨 눈물 아닌 게 없으니

지치고 힘든 발자국
눈시울 적시어
밤낮으로 웁니다

허어이 허어이
눈물샘이 가뭄 들도록
실컷 울어나 봤으면.

제2부 낙엽 진 하얀 목련

그럴 수 있다면

깜깜한 눈물
나는 울고 있습니다
그대 그리워서
미칠 듯이 보고 싶어

우두커니 홀로 서 있는
창가에 후두둑 후두둑
부딪치는 빗소리

말없이 다가와 손
잡아주던 그대
사방을 둘러보아도
이 세상엔 단 하나
하나뿐인 나

마지막 가는 길조차
말 한마디 못하고
두 볼에 주르륵주르륵
눈물 흐르다 가버린 사람

오늘따라 왜 이리
시리도록 보고파 아픈 건지

먼바다 건너
제일 세다는 힌남노
태풍이 몰아쳐 와도
그대 곁에 갈 수 있다면
그럴 수 있다면

기다리다 기다리다 지쳐
울다 울다 멍든 마음
하나도 두렵지 않습니다

제2부 낙엽 진 하얀 목련

봄이 오는 소리

이른 새벽 찬 이슬 머금고
임 그려 산 꿩 우짖는 소리

졸 졸 졸
얼음 깨고 흐르는 계곡
노란 복수초 꽃잎 터지는 소리

새하얀 눈 이불 비집고
살포시 고개 내민
청보리 귀여운 새싹

겨우내 죽은 듯 깡마른
매화나무 가지에
꽃망울 터지는 소리

봄 오는 양지바른 길목
두 손 꼭 잡고 앉아 있는
할배 할매 가슴 뛰는

앞산 뒷산 임 찾아
피를 토해 우는 소쩍새
한 맺힌 울음소리.

* 까투리 : 암꿩　* 장끼 : 수꿩

54

봄비 내리는 날

한 겨울 내내
눈 속에 파묻혀
써놓은 긴긴 사연
눈물로 지웁니다.

가벼운 옷차림
화사한
봄옷으로 갈아입고

물보라 헤치고
매화 꽃 붉은 미소
당신이 오신다는
울렁거림에

봄비 내리는 날
우산도 없이 비를 맞으며
터질 듯 부풀은 가슴

끄억끄억
짝 잃은 거위 울음소리
임 그리는 타는 가슴
온종일 목메어 울고 맙니다.

* 홍대 콘서트 출품작

봄 향기

뚜벅뚜벅 걸어오시는
당신의 몸 냄새

꽃 피어 새 우는 봄
임은 보이지 않고

모락모락
피어오르는
그리운 봄 향기

그 사람 목소리

담장 위 줄을 선 개나리
돌담 밑 쭈구린 민들레
노오란 장다리, 유채꽃
너울너울 춤추는 벌 나비

"흐메이
탐스런 꽃숭어리 좀 보소이
천국이 따로 없네
여기가 천국인갑네이"

어디선가 들려오는
그 사람
그리운 목소리

잔디밭 오랑캐꽃 클로버
산 속 진달래 무덤가 할미꽃
아내쑥국 자식쑥꾹
쑥국 쑥국 쑥쑥국
가슴 치는 쑥국새 울음소리.

내 여자

그 사람은
여자가 아닙니다

칠순의 중반을 넘어선
말기 암 중증 환자
야윈 그녀는 분명 쭈글쭈글
늙어버린 할망구

중머리 감추기 위해
일곱 색깔 무지갯빛
캐릭터 모자가 10여 개

구부정한 허리
비뚤비뚤 불안한 걸음걸이
삼백 미터도 못 걸어 후유
지팡이 싫어하는
철저히 거부한 할미 소리

이백 미터 계주에 화살처럼
달리던 싱싱하고 통통한 얼굴
활짝 미소 띤 목련화

입맛 나는 홍어 무침 고추 된장
가을 김장 똘똘 말아 한입 가득
"여보 내 김치 맛 어때요?"
잔잔한 미소 입만 바라보던
손맛 좋은 영락없는 전라도 여자

얼큰하면서도 감칠맛 나는
김장 속 그 사람은 늙지 않은
노란 배춧속 내 여자였습니다.

제목 : 내 여자
시낭송 : 박영애
스마트폰으로 QR 코드를 스캔하면
시낭송을 감상할 수 있습니다

제2부 낙엽 진 하얀 목련

밤에 우는 빗소리

또각또각
보도 위 울리는
발자국 소리

휘익 휘익
치마폭
날리는 비가 우는 소리

행여
임의 향기인가
화들짝 여는 문

쉬이익
비에 젖은 베적삼
스치는
밤에 우는 빗소리.

장 보러 가는 길

원천공원 지나서 송내역 가는 숲속
병든 아내 손잡아 삐뚤삐뚤 걷기 운동
시키던 길

혼자 걷는 발자국마다 눈물 한 바가지씩
앞길 가로막아 가던 길 멈추고
참고 참았던 대성통곡
봇물 터지듯 주저앉아 쏟고 말았습니다

졸졸졸 소리 내어 흐느끼는 개울 물소리
먼 산 숲속의 쑥국새 우는 소리

울타리 타고 기어
오르는 갓 피어난 나팔꽃
소리소리 지르며 목멘 소리 함께 웁니다

100년 만에 제일 큰 슈퍼문
달빛 따라 찾아올 떠난 사람 만나려고
배낭 들쳐 매고 제사 음식
추석장 보러 가는 길.

제목 : 장 보러 가는 길
시낭송 : 장화순
스마트폰으로 QR 코드를 스캔하면
시낭송을 감상할 수 있습니다

제2부 낙엽 진 하얀 목련

양평 문학기행

유유히 흐르는 강물
한강 뮤지엄, 다산 유적지
라온 숲 식물 카페
커피향이 달콤 고소했다

주르륵 주르륵
눈물 젖은 안드레선 묘역
엄마 엄마아
참 부모 하느님, 애타게 부르는
정은이의 젖은 목소리

파아란 하늘빛 오리 알
세상에서 가장 작은
숲속 창란교회 하늘문 열리고
여보 사랑해 사랑해 사 랑 해

양수리 족자섬 끌어안고
80년을 우는 독백탄
옛 임은 간 곳 없고
몸서리쳐 울부짖는 남 북한강

빗물 눈물 한 입 가득 문
두물머리 뜨거운 핫도그.

안개 비

고개 하나 넘어
함백산 추모 공원
봉안실 차디찬 도자기

지천 거리에 있는
당신 그리며
눈시울 적신다

새벽부터 내리던
안개비

왕방울
눈물로 쏟아져
화려했던 봄 꽃잎
하나 둘 떨어뜨리고

때늦은 꽃샘추위
마지막 한숨 눈물
후두둑후두둑
소리 내어 운다

하얀 목련

함백산 추모 공원
봉안실 창밖
수백 수천의 희고 고운 꽃봉오리
말없이 흐느끼고 있다

살아생전 너를 반겨
유난히도 애지중지
반기던 임
차디찬 옹기 안 말이 없는데

한 잎 두 잎 떨어져
나뒹그러진 안쓰러운 모습

산자의 가슴
애처로이 후비며
서러운 빈 하늘

한 그루 낙엽 진
하얀 목련.

제목 : 하얀 목련
시낭송 : 박영애
스마트폰으로 QR 코드를 스캔
시낭송을 감상할 수 있습니다

그리운 꽃향기

아무리 예쁜 꽃도
어느 날 뒤돌아보면
그 꽃의 독특한 향기는
스쳐가는 바람처럼
한순간에 지나고 말지라도

가슴 깊이 담아 두고
물 주고 가꾸어 사랑했던
흔적들은 시들지 않은
아름다운 상사화
어두운 밤하늘 별처럼
가슴속에 피어 있다

한숨으로 내뱉고
뜨거운 눈물로 씻어내어도
가슴앓이 옹이 되어
모진 생명 다할 때까지
씻기지 않은 한으로 남아 있다.

나의 봄

지난 1년은 나에겐 가혹한 형벌
견디기 힘들었던 만큼 혹독한 겨울이었습니다

잿빛 하늘 숨도 못 쉬게 눈보라
휘몰아치고 살을 에는 찬바람 불 때
무심한 하늘 땅 해와 달과 별
공기와 물, 바람과 구름이 간신히
나를 물리적으로 지탱해 주었습니다

집사람 빈자리, 튀르키예의 강진처럼
딛고선 자리가 갈라지고 고층 건물이
허물어져 화산재만 쌓였습니다

온몸 여기저기 비명을 지르며
멀쩡하던 대들보 척추가 녹아내리고
팔순의 중반이 무너져 내렸습니다

한 달에 한두 번씩 함덕산 추모 공원
찾아가 말이 없는 차디찬 내 아내 어루만지며
날 좀 데려가 달라 얼마나 목 놓아 울었는지

봄을 이기는 겨울 없다고 딱 1년만
견디라던 주위의 위로와 격려

고장 난 척추 시술 고목에도
꽃망울 멍울지듯 삭은 내 가슴에도
또다시 조금씩 숨통 트이기 시작한
꽃 피고 새 우는 나의 봄 목마르게 기다려 봅니다.

다시 또, 봄

죽은 줄만 알았던 양지바른 곳
깡마른 나뭇가지가 또다시 기지개를 켜고
얼음 속에서도 배시시 웃는 복수초 고운 얼굴

무거운 흙더미 머리에 이고
청보리 새싹들 무던히도 억척스런
새 희망 푸른 노래

두터운 눈 이불 뒤집어쓴 매화나무
배시시 소리 없는 고운 웃음
그리운 임 보내드리고 못 살 것 같던
깡마른 가슴 죽을 것만 같아
삭을 대로 삭은 삭신 금간 뼈

온 동네방네 찾아 돌며 주삿바늘
꽂아댄들 미동조차 않더니만
꽃샘바람 살랑살랑 바짓가랑이 속
기어들어 시술 한 방에 봄기운
다시 돌아 도네요

모진 설움 눈보라 태풍 불 땐
끝없는 절망 겨울인 줄만 알았는데
다시 또 찾아온 새봄
환희의 새 희망을 잉태하는
모질 긴 산고였나 봅니다.

비와 단풍잎

토다닥 토다닥
유리창 두드리는 소리
휘이익 휘이익
꺼질 듯한 한숨 소리

밤새 잠 못 이루고
이른 새벽 창문을 연다

보도 위에 수북이 쌓인
곱디곱던 노오란 은행잎
플라타너스 넓은 잎들이
흙탕물을 뒤집어쓰고
눈물 콧물로 하직 인사다

분명
꽃 피고 노래하던
꿈 많던 봄
온 천지 푸른 물결
넘치는 젊음의 여름

알곡으로 열매 맺는

결실과 수확의

아름다운 계절도 있었다

으스스스

단풍 든 노구에

갑자기 찬바람 불고

하늘이 노오랗게

콜록콜록 마른기침이 난다

제2부 낙엽 진 하얀 목련

첫눈

바람 따라 춤추는 나비
내 곁을 잠깐 스치다가
눈물방울이 되어 떨어지고
마는 흔적 없는 그대

잠시 잠깐 내 곁에 머물 듯
가버린 그대여
다시는 만나지 못할
흔적 없는 한 방울 눈물

밤새 춤추는 군무
어둠 속 찾아 헤매는
나의 눈동자 속에 애가 타게
당신 얼굴을 그립니다

한평생을 울어야만
그대를 지울 수 있다면
내 전 생애를 당신
그리워서 울겠습니다

당신이 내 기억 속
숨 쉬는 그날까지 만이라도
정신이 혼미해질 때까지
실컷 울겠습니다

첫눈처럼 당신에게
가겠습니다.

제목 : 첫눈
시낭송 : 박영애
스마트폰으로 QR 코드를 스캔
시낭송을 감상할 수 있습니다

눈길

밤사이 소복이 쌓인 눈길
쩔떡궁 쩔떡궁 다리를 절며
지팡이 덕에 부개역 도착했다

"동묘역행 곧 도착"
전광판의 독촉 다급하게
승강장을 향해 몸을 던진다

도착한 지하철 입을 벌리는데
하필 그 순간일까 내 몸의 일부
휴대폰이 없다

쩔떡궁 쩔떡궁 되돌아올
미끄런 길이 죽을 만큼 싫다
"여보, 휴대폰 좀 가져다주오"
텅 빈 하늘에 소리쳐 부른다

갑자기 온 천지에 서린 안개
눈시울이 뜨겁고 목이
메어 더 부를 수가 없다.

책상 위 핸드폰 챙겨들고
숨이 차게 달려올 텅 빈자리
하늘로 간 사랑 외롭고 서러운
석양, 꼭 필요한 내 사람아!

71 제2부 낙엽 진 하얀 목련

바람 구름 비

바람이 분다
때늦은 꽃샘바람
고추바람이 분다

가로수 푸르름이
부들부들 떨고 있다

대숲이
헝클어진 머리
이리 흔들 저리 흔들

검은 먹구름
비가 내린다
살 속을 파고드는
얼음 같은 비가

금방이라도
새 순
새 잎 푸르름의 이파리
모두 다 냉동시킬 듯

코로나 해제에
발맞추어
임 그린
서늘한 냉가슴

눈물 반 세찬 빗방울
감기 들겠네
독감 들겠네.

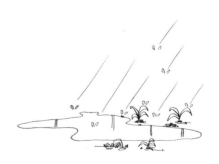

제2부 낙엽 진 하얀 목련

고열과 오한

밤은 깊어만 가는데
고열과 오한은 멎을 줄 모르고
침대까지 지진인 듯 들썩들썩

척추디스크 시술을 위한 진료 중
14~17선을 유지해야 할
헤모글로빈 수치가 6으로 낮아져
혼자서는 외출도 못할 만큼 위중한
상태 생명도 위험하다는 경고

시술은커녕 소견서 쥐어 주면서
종합병원 응급실로 내 쫓는다

처음 가본 종합병원 응급실
간호사 인턴 레지던트 의사
벌떼처럼 모여들어 무슨
검사를 바삐 서두르는 건지
피주사 2팩부터 수혈이다

입원 이튿날 혈액. X-레이.
초음파. 위. 대장 내시경 검사로
날마다 검사가 이어진다

붉게 타는 중앙공원 부스럭 부스럭
병실 창가에 스산한 바람
낙엽 부딪치는 소리

코드블루~ 코드블루~
한밤중 병원 내 비상 방송 울릴
적마다 누군가 한 사람씩 유명을
달리한 다급한 소리가 서늘한
가슴을 쓸어내린다

제2부 낙엽 진 하얀 목련

천사 간병인

11개월 전 집사람 유명을
달리한 8층에서 3층
아래인 531호 입원실

헤모글로빈 수치가 6 이하면
빈혈 문제이지 정신문제는
아닐 텐데 혼미한 정신

여보도 아닌 67세 간병사가
이틀에 한 번씩 전신 목욕
때밀이 수건으로 샅샅이
앞뒤 때를 밀어 주고
새 환자복 갈아입혀 주고

아무것도 먹은 게 없어도
매끼마다 양치질
저녁마다 손발 씻기
잠이 들 때까지 팔 다리
마사지는 덤. 아침
저녁으로 꼬옥 손 붙잡고
복도를 오가는 걷기 운동
그 사람 그리운 잔소리 닮아

대장 내시경 위하여
위 대장 청소 때는
실내 화장실 차례가
안되어 복도 중간 화장실
찾아 밤새 급 비상상태

"어머니나 이를 어째~"
딸기밭에 물 주듯
복도에 설사 줄줄줄
쏟아놓고 갈 때마다 행여
간호사 눈에 보일세라
이마에 땀방울 부지런히
군소리 없이 닦아내기
바쁘던 안쓰러운 솜씨

해열제 주사조차 소용없이
38도를 오르내리며
침대가 들썩이도록 24시간
오한과 한속으로 정신줄
놓아 버렸을 땐

제2부 낙엽 진 하얀 목련

따뜻한 체온 아늑한
온탕 속에 가라앉듯이
비몽사몽간 간절한
집사람 품 속인 듯

천사의 솜털 같은 평온함
속에 전신에 흠뻑 땀을 쏟아
깊은 잠으로 인도하며
모처럼 외로운 영혼에
깨어나고 싶지 않은
크나큰 은혜와 목마른
사랑 베풀어 주셨습니다.

밤에 우는 쏙독새

오월 어느 날 밤
임이 그리워 운다는
밤에 우는 새

쏙독독 쏙독독
단조롭고 애끓는 소리
밤에 우는 새소리에
주인공을 찾으려고
감전된 듯 뛰쳐나가

전깃줄에 얼어붙은
검은 그림자
짝 잃은 쏙독새

홀엄씨 홀애비
창문 앞에서
찾아 운다는 쏙독새

밤새워 임 그린
한 서린 쏙독새
기가 막힌 목멘 통곡
시린 소리.

가을 찬비

가을비 내리는 풀섶 길을 걸으며
그대 향한 한 송이
해바라기 꽃으로 피고 싶었다.

결코 꺾이지 말아야 한다고
강바람 싸늘한 들녘
흐느껴 울던 코스모스
가슴속에 뿌리 깊은 그대 얼굴

꺾이지 않을 거란 그 사랑
지금 어느 곳
싸늘한 대지 위에
가을꽃으로 피어 있는가

지울 수가 없는 당신을
그림자 되어 함께하고 싶다
지친 걸음걸음에 그대
눈물방울이 되어 주고 싶다.

아픈 가슴팍 마구 때리는
사나운 가을 찬비
흠뻑 젖어버린 그 눈동자
당신은 정녕 듣고나 있는지

낙엽은 지고

죽을 만큼 보고 싶다던
엊그저께 그 임이
고희(古稀) 좀 넘겼기로

석양에 기우는 듯
그림자 꺼져 들고
하늬바람 타고 갔습니다.

금세
단풍 든 두 눈가에
후두두 두둑

마파람에 힘을 잃고
차디찬 풀잎 위를 구릅니다.
죽어도 그냥은 못 보낼 임아!

* 하늬바람 : 초가을 서쪽에서 부는 서늘한 바람.
* 마파람 : 앞쪽에서 거슬러 불어 오는 바람

제2부 낙엽 진 하얀 목련

할머님의 이령수

"우리 귀한 손자 말속에는
  항상 남을 기쁘게 하는
  향기가 있게 하여 주시옵고

  머무는 자리마다
  남을 즐겁게 하는 웃음의
  꽃이 피게 하여 주오소서"

정월 초하루 팔월 한가위
조상님 기제삿날 생일날
먼 길 나서는 날이면
어김없이 이른 새벽

정화수 앞에 부복하여 비는
흰 주름 간절한 할머님 이령수
온 세상 다 품은 삶의 슬기가
산수(傘壽)에 이르도록

어두운 밤길 밝혀주는
꺼지지 않는 횃불 되어
영원을 불사르고 있습니다.

* 이령수 : 신령님께 소원을 빌 때, 말로 고하는 순 우리 말
* 산수(傘壽) : 나이 80세를 이르는 말

아버지

온 밤을
꼬박 새우도록
말씀 한 마디
못 하고 가신 님

냉 가슴속 깊이
묻어 두었습니다

코로나19가
판을 치는 마당에
가정의 달조차
잃어버린 아버지를
꺼내 웁니다

선산을 지키려고
굽은 나무 되시어
하루도 등을 펴실 날
없으시던 아버지

자자손손 지켜주시는
오늘도 두 눈 부릅 뜬
천근 무게의 팔척장승
은혜로운 태양이여!

제목 : 아버지
시낭송 : 박영애
스마트폰으로 QR 코드를 스캔하면
시낭송을 감상할 수 있습니다

83

제3부 둥지

엄니 생각

오늘따라 하도 외로워
목이 메인 울 엄니
보고파서 웁니다

여덟 살 어린애가 아닌
여든이 넘은 할배 아들
엄니 엄니 부르며

비 내리는 가로수
낙엽 구르는 소리
갈기갈기 찢어지는
갈대밭 휘파람 소리

죽을 듯 온몸 아파도
스무 살 갓 피어난 장남
장장 6개월 동안을
날마다 저승사자
데리러 올 때마다

때굴때굴 땅바닥에
구르면서 날 먼저
데려가 달라고 울부짖던
가여운 우리 엄니

끝내 부처님 가호 이끌어
재생의 빛으로 꽃 피운
목련존자의 사랑
못지않은 거룩한 모정

짙어가는 가을 단풍
붉게 타는 노을 앞
마지막 불태우는 그리움
목이 메어 웁니다.

제3부 둥지

사모곡思母曲 1. 2. 3. 4.

1.
외아들 아버지, 조부모님 등살에 못 이겨 아들 딸 딸 딸
아들 딸 딸 딸
아들 둘 딸 여섯 팔남매를 두었습니다.
봄날 앙지 바른 마당가 노오란 병아리떼 옹기종기 모여서
잘 자라 주었습니다.

온 나라 천수답이 73% 하늘만 바라보며 찢어지게 가난했
던 60년대 매섭던 고추바람 찬 겨울 지나고 꽃 피고 새 우
는 봄이 올 때면 어김없이 찾아 온 불청객 춘궁기 보릿고개
힘들고 고달픈 눈물겨운 그 시절

〈우리도 한번 잘살아 보세〉

새마을 운동이 방방곡곡 바람 불던 날 아프고 쓰린 가난 이
기는 방법은 오로지 "아는 것"뿐이라고 약관 22세 젊은 장
남 "봉황고등공민중학교" 빈궁한 고을에 문을 열었습니다.

구름떼 몰리 듯, 한 해에 3백여 명 허기진 배움의 꿈들을 감
당 못해 매일 매일을 학과가 끝날 즈음 허리에 물집이 생기
도록 지게질 흑브럭 찍어서 억척스럽게 학생들과 함께 학
교 세웠습니다.

2.

하얀 나비처럼 눈보라 휘날려 시야를 가리고 숨 쉬기조차 힘
든 북풍한설 몰아치던 어느 날 생선바구니 머리에 이고 꽁꽁
언 신석마을 넓은 들판을 마주 건너 오시던 생선장수 어머니

마주쳐 오는 검은 제복 학생들 가운데 아들 모습 발견 하시
곤 불이낳게 도망치듯 뒤 돌아 구석마을 어느 집 눈 쌓인 울
타리 안에 언 몸 숨기시고 아들 녀석
채면 지키시려던 안쓰러운 모정

샛골마을 높은 잿등위에 올라서 뒤돌아 볼 즈음 눈보라 서리
치는 까마득한 들판 건너 신석부락 찾아 종종걸음 가시던 그
모습이 눈시울 뜨겁게 하였습니다.

3

유난히도 매서운 눈 풍년 그 시절 온 세상 온통 무릎이 차고
넘치게 쌓인 눈도 모자라서 귀신 호곡소리 북풍한설 휘몰아
치던 밤 이글거리는 화롯가 재비새끼들 옹기종기 모여 앉은
어린 8남매 불안하고 초조한 배고픈 눈망울 마주하여 차마
볼 수가 없었습니다.

오빽곡 넘어 소나무 숲 무거운 눈 흠뻑 뒤집어쓰고 숨도 못
쉬게 신음하던 매정한 풍경
머리엔 하루 종일 생선 팔아 모은 무거운 보리쌀 몇 됫박
어린 자식들 생명줄 놓치지 않으려 붙잡고 언 손 하나로 솔
가지 휘어잡고 눈 구등에 빠져 허우적이시던 우리 어머니

한달음에 뛰어들어 얼음 손 꽁꽁 언 장작개비 엄니를 끌어
안고 목을 놓아 대성통곡 울어버린 아들을 "이딴 일이 무
슨 대수라고 지질히도 못난 녀석" 애써 한숨 숨기시던 울
엄니를

4.
두 무릎 공손히 꿇고 머리 조아려 학교도 교육도 사치스런
부질없는 짓 모두 다 집어 치우고 이 젊은 나이에 머슴살이
나가면 볏섬 열 가마 새경은 충분히 받아 우리 가족 굶주리
지 않고 잘 살 수 있다고 조르던 밤

"내가 시방 이 고생을 하여도 동내마다 집집마다 찾아가면
모두가 안 방 따뜻한 아랫목 내어주고 지금은 고생이라도
이 선생님 훌륭한 아드님 두셨으니
언젠가는 반드시 잘 사는 날 올 것이라며 힘내시라는 말들
로 위로 받고 살고 있는데"

"금쪽같은 내 아들 팔아서
이 어미 뱃속 채우고 잘도 살으라는 말이냐
죽으면 죽어도 그리 살지는 못한다.
차라리 죄 많은 이 어미 죽으라고 해라"
한밤중에 동네방네 체면도 없이
대성통곡 우시던 우리 엄니가

지금도 가슴앓인 피 눈물 8순 고개 넘어선 이 아들
시인의 가슴 숨이 막혀서
한가위 보름 밤 동지섣달 깊은 밤을 뜬눈으로
새우며 소리 죽여 흐느낍니다.

89

제3부 둥지

우리 아버지

남들은 모두 다 팔순 구순을 넘기며
사시는데 당신은 어찌하여
환갑도 못 채우고 가셨나요

6.25 시뻘건 치하에서 동네 청년들
지하 고구마 굴속에 묻어두고

한겨울 추위도 잊은 채 귀한 생명들
지키려고 눈보라에 꽁꽁 언 엄니 손
가마니틀에 묶어 놓고
하얀 눈 뒤집어쓴 당산나무
굽어보는 신음소리

흰 눈밭에 살과 피가 터진 모진 고문
시뻘건 핏물 물들이면서도 끝내
벙어리 되어 동네 청년들 지켜내신
의로운 뜨거운 횃불

아버지, 우리 아버지
대나무 통에 합수 우려내 똥물 마셔도
그때 멍든 자국 옹이 되어
돌고 돌아 아까운 생명
일찌감치 앗아 가버린 한

오늘
말이 없이 누워 계신 차디찬
봉석묘원 묘비 앞에
팔순 불효자 엎드려
하도 서러워 서러워서 웁니다.

제목 : 우리 아버지
시낭송 : 임숙희
스마트폰으로 QR 코드를 스캔
시낭송을 감상할 수 있습니다

배롱나무 꽃(후무꼬)

7월
타는 듯 피는 꽃

너는 전생에 무슨
죄업 있길래 백일을
피워야만 굶주린 배
쌀밥을 먹게 되는가

매끄럽고 하얀 속살
고사리 같은 손으로
겨드랑이 간지럽힐 때마다

하하 호호
자지러지게 웃던
인정 많은 누이

온 동네 어린아이들
휩쓸어 간
무서운 천연두
내 누이 두 얼굴에
붉은 꽃 피워 놓고
빼앗아 간 곳 어디매냐

눈물 많고 한 많은
백일홍 꽃이 되어
피어난 후무꼬
내 사랑 누이야.

91

제3부 둥지

둘째 손가락

짜르륵 쾅 짜르륵 쾅 짜르륵 쾅쾅
가마니 짜는 소리

옆에는 바가지에 삶은 고구마
싱건지 국물과 수젓가락
엄동설한 문도 없는 헛간
언 손 녹일 틈도 없이

거친 지푸라기에 매디매디 손가락 상처
헝겊 밥풀 매겨 도배한 손
잠깐 무심한 졸음이
인정사정도 없는 바늘대
보드집 잡은 엄마 언 손 찌를 땐

기겁을 하게 시린 고통
이 미친 정신 못 차리고
눈먼 바늘대 어디다 찌르냐고

죽일 년 살릴 년 머리끄덩이
잡아 흔들면 사방팔방 흐트러진
머리채 영락없는 귀신형용

눈물 뚝뚝 가여운 우리 엄마
어린 내 동생 함께 흐느끼는
가난이 죄이고 형벌이었습니다

열 손가락 다 아픈 둘째 손가락
바로 내 아래 안쓰런 누이였습니다

92

황제 고구마

한숨이고 아픔입니다
덩얼 덩얼이 눈물입니다

한 바구니 가득 담아
옹기종기 모여 앉은 팔 남매
싱건지 국물이 목이 맵니다

죽지 말고 잘 자라라 비는
보릿고개. 허리 휜 어머니
덩얼 덩얼이 황제 고구마

안쓰러운 내 형제여!
지금도 한숨이고 아픔이고
방울방울 눈물인 것을

누가 잘나고 못났다고
석양은 자꾸 기우는데
아직은 덜 채워진
배고픈 사랑과 연민인걸….

제3부 둥지

소낙비 내리던 날

창밖에 비가 옵니다
소낙비 내리던 날
콩밭 매던 우리 어머니
베적삼 흠뻑 다 젖은 채
입술 파랗게 추워도 보이는데

착 달라붙은 베적삼 비집고
봉긋이 내민 탐스런 젖꼭지
배고픈 아이는 뒤 볼 새 없이
물고 늘어집니다

오두막집 추녀 끝
낙숫물 소리 아랑곳 않고
물속에 퐁당 빠진 듯 젖은
품속이 그보다 더 좋은
낙원은 없었습니다

흙냄새 가득 배인 엄니 냄새
장대비 내리는 발자국 소리
울 엄니 물에 젖은 목이 멘
울음소리 들려옵니다.

퉁퉁 부은 젖가슴 흔들며
젖꼭지 물리려 종종걸음
저기 저만큼 빗속을 달리듯
울 엄니가 오고 계십니다

* 태풍 다나스가 지나가던 날에

제목 : 소낙비 내리던 날
시낭송 : 박영애
스마트폰으로 QR 코드를 스캔하면
시낭송을 감상할 수 있습니다

한가위 대보름달

내 어버이 마음을 닮아
고샅길 어디에서
초승달 기다렸다가
반달 그리시더니
우리 논밭 다다라

주름진 얼굴
보름달 어진 빛으로
배고픈 내 새끼들
햇 밥상 차려 주셨으니
오곡백과 너무 고왔구나.

황금 들녘의 품속에서
씨앗의 희망
뿌리의 고뇌
꽃의 눈물
열매의 환희

이 땅 농자의 열망
죄다 들어 주시는
한가위 대보름 달밤
더욱더 깊었으면 좋으리.

* 죄다 : 모조리 다, 모두 다의 표준말

95

제3부 둥지

나비 한 마리

따뜻한 방 안 불빛 따라
유리 창문 두드리는
안쓰러운 나비 한 마리

잠시라도 날아갈까
품속에 쓸어안고
마음껏 아껴주고 싶어도

한사코 날고 싶은
가여운 내 사랑
누가 있어 거두어 줄 수
있을는지 행여
그냥 두면 시들고 말지도

화분에 물 주듯
정 뿌려 주고 싶어도
얼마 남지 않은 생
무겁고 힘든 내 가슴
어찌 정리할 수가

창밖 날려 보내자니
차갑고 매서운 대숲 바람
훠어헐 훠어헐 혼자서
날아갈 수나 있을는지

사방팔방을 둘러보아도
주렁주렁 매어 달린
뜨거운 눈물 덩어리

이제 갓 스물아홉 살
쉰둥이 철부지 어린 나비
막내딸 하나가 날마다
한숨이고 눈물뿐이다.

제3부 둥지

셋째 손가락

열 손가락 물어 어디
안 아픈 손가락 있을까

"너 아니면 죽음뿐"
외롭고 힘든 사랑 차마 등
돌릴 수가 없다던 일편단심

끝내 두 사랑 장위동 중랑천
뜨거운 모래밭 벽돌 공장
숯처럼 태운 하얀 깜둥이
보는 이 눈시울 뜨거운
행복한 미소 꽃 피웠네.

열아홉 처녀시절
가난의 죄업에 시달린 부모님
그 고통 벗겨 드리겠다고
간장에 밥 비벼 먹으면서도
3남매 땀방울 모아 부모님
도운 목화송이 효심인데

웃음 넘쳐나는 그 사람

처갓집 올 때마다 동네방네

사람들 모여들어 초가삼간

온 밤을 울밖에 웃음꽃

피우던 행복 사랑스런 깜둥이

지금은 어디에

그리움 밟히는

멀어져 가는 발소리.

제3부 둥지

인어공주

아틀란티카 바다의 왕
트라이튼의 귀여운 막내딸
말썽꾸러기 에리얼은 바다
넘어 인간 세상 모험을 꿈꾼다

어느 날 폭풍우에 침몰해
가라앉은 애릭 왕자 구해내고
운명적 사랑을 위해 바다의
마녀 울슐라와의 위험한
거래도 주저하지 않는다

아빠 생명을 담보로
인간세계 다리를 놓아
왕자와 이룬 결혼 약속

울슐라의 질투와 저주로
결혼이 취소될 위기를
슬기로운 왕자 지원받아
승리의 영광스런 월계관
위기의 아빠도 구해낸다

횡실과 바다의 만백성

세바스찬 프라운더 스커틀

아틀란티카 화려한 가족

아빠의 축복 속 인생

여정의 먼 길 나선다

아직도 철부지

소중한 내 외동딸

축복받을 인어공주야.

제3부 둥지

넷째 손가락

자신의 밥그릇조차
욕심낼 줄 모르는
슬프도록 착한 무명지

찢어지게 가난한 보릿고개
굶기를 밥 먹듯 하던 부모님
어린 동생들 돕자고 첫째 셋째
무명지가 서울에서 제일
방값이 싼 수색동 달동네
자리 잡아 허리띠 주리며 부모님
가난을 구하자던 천사

비 내리는 날이면 내 몸
젖으면서 우산 받쳐주고
햇살 뜨거운 열기 가려주기
바쁜 비단결 고운 마음

언제나 내 편인 착하고
고운 아름다운 내 누이
미풍에도 하늘하늘
흔들리는 코스모스

허한 체질이 늘 몸져누운
고통받는 모습 안쓰러워
밤낮으로 눈시울 뜨겁다

주님 성모님 성령이시어
착하고 고운 안쓰러운
내 누이 부디 건강 회복
시켜 주소서, 주오소서.

제3부 둥지

추운 까치집

말기 암 환자라도 죽기는 싫은데
먹을 수가 없어서 밥때만 되면
마냥 홀로 지키는 8층 로비
병동 창밖에 싸락눈이 내린다.

발아래 중앙공원 건너편 숲
깡마른 나뭇가지 위에 추운 까치집
아부지는 주춧돌 기둥 나르고
어무이는 서까래 잔가지를 물어 날랐다.

별난 궁 달난 궁, 초가삼간
문풍지가 추위에 떨며 우는 밤
헌 수건으로 문틈을 가리고
찬바람 드새는 문 앞이 아부지 자리
어무이와 새끼 별자리
그래도 안온한 아랫목 차지다.

돗자리는 죽석이 아니면 멍석자리
울퉁불퉁 껄끄런 금침(衾枕)
냉골 방바닥 추위가 덜하고
빈대, 벼룩 물어 가려울 때
등허리 문지르기가 시원해서 최고

하늘에 별과 달이 뜨는 밤
달그림자 좇아서 철없는 아이들
이불 속 발장난치고 키득키득 웃음소리
어무이 숨 막힌 한숨 소리가 화음을 이룬다.

손이 시린 이른 아침 군불 때던 아부지
"옜다 화롯불이다 고구마 묵어라"
들이민 이글거리는 화롯불엔
숯 검댕이 고구마가 뜨겁다.

노오랗게 잘 익어 고소한 고구마
물먹은 안개가 서린다.
목 메이게 그 품속 그리운
우리 아부지. 우리 어무이.

* 덕석 : 짚으로 만든 멍석, 전라도 지방 방언
* 아부지, 어무이 : 아버지, 어머니의 방언

제3부 둥지

굴레

비로드 같은 밤하늘
깨알처럼 수놓아진 별 무리
텅 빈 공간을 추락할 듯 추락할 듯
한 쌍의 지친 기러기 날고 있다.

종일 알바로 기진한 몸
깜깜한 방에 불을 켜면
가족으로 포장된 검은 그림자
거기, 죽음의 환영이 드리워 있다.

평생을 영근 사랑의 인과(因果)던가
나 없인 곧 종말이라던 이 사람
아무리 더 좋은 연분 짝지어 준들
내 팔자 아니면 무슨 소용이겠소
옹고집 불통으로 짊어진 운명을

막다른 요양원
상생(相生)을 위한 쓰린 선택
눈물 머금고 현대판 고려장을 택했다.
휠체어 타고 멈출 줄 모르는 도망자
탈출하고 붙잡히고 또 탈출을…….

평생을 혼신으로 일군 내 집인데
한순간도 접어두곤 못 살 내 가족
석양이 빨갛게 불 타오를 때마다
열 번, 백 번인들 멈출 수가 없다
목숨 걸어 다짐한 사랑하는 사람아

어버이 속마음

음력 섣달 열엿샛날
하늘의 뜻 받들어 순명한
두 아이 특별한 생일날

가슴과 몸 아파 기른 자식
철새처럼 제 갈 길 날아간
껍데기 터엉 빈자리에

생일날 차려놓은 삼신상
진지 두 그릇 간절한 모정이
눈물 머금고 나란히 앉아있다

중추절 정월 대명절
집안 대소사
발그림자 마른지 오래인데

몸과 마음 어디가 아파서
삼신상 나란히 자리한
한결같은 간절한 모질 긴 정

가슴으로만 흐르는
허전한 연민의 그리움
목마른 기도로 안개가 낀다

제3부 둥지

내 살던 내 동네

세상에서 가장 아름다운
독두산 품속에 자리 잡은
60여 호 작은 동네

동촌과 서촌으로 나누어진
동네 한가운데 독두산
옥문이
졸졸졸 소리 내어 흐른다

아무리 극심한 가뭄에도
마르지 않은 성수
여름에는 시원한 냉수
겨울에는 따뜻한 온수
목마른 길손들 감탄을 한다

독두산 숲속 뿌리에서
시작된 방울방울이 모여
저수지에 잔잔한 면경수

면사무소 가는 길 새터골
오빵곡을 지나 오리나무숲
비석거리 넘어가면 배고픈
진달래 유채꽃 자운영 피고
실고개 지나 장성굴 연방죽
건지산이 칡넝쿨 드리우고
선녀 같은 연꽃들 빙그레
아름다운 미소

밤새 두레질해도
마르지 않은 뒷갱이
우물물은 달디단
메마른 가뭄에 젖줄

도리봉 한강솔 소나무밭
향긋한 생키 냄새
깊은 밤 남폿불 밝히고
주경야독 야학방 아저씨
아짐씨들

109

가갸거겨 고교구규그기
아야어여 오요우유으이
글 읽는 소리

무논에 달그림자
임 그리워 밤새우는
개구리 울음소리

독두산 땅솔나무 숲
밤새는 줄 모르는
두근거리는 가슴 가슴
그리움을 수놓은

사계절 사랑이 꽃 피는
내 살던
정 그리운 내 동네

대속 고통(代贖 苦痛)

허튼 소문 음해와 모함
상처 입은 아픔까지도
대신 짊어지고 뼈를 깎는
극심한 고통을 함께
감내하시는 대속 고통

몸과 마음에서 샘솟는
간절한
피눈물의 기도

성령이 감응하시어
병든 생명 구원하시는
초인적 헌신과 사랑

성천이 흐르는
은혜의 땅 나주 성지
기적의 성수와 함께
마르지 않는 치유 은총
베푸시는 대리자여!

오늘도 그늘진 지구촌 인류
따뜻한 구원의 손길
70여 개국
방방곡곡에 메아리치네.

제4부 우리 동네

우리 동네

내가 살던 우리 동네는
백두산맥 태백산맥
노령산맥 건지산 건너
소담스런 독두산 아담한
두함 마을이다

동. 서. 남 삼면에 걸쳐
대붕이 날개를 펼치고
북으로는 잔잔한 면경수
장성저수지가 한 폭의 그림

옥산국민학교 하굣길
뜨거운 햇살에 어린
꼬맹이 머슴아 가시내들
함께 어우러져

홀라당 알몸으로 저수지
가장자리에 뛰어들어
물장구치며 놀다 보면

어느 틈에 무서운 호랑이
엄마 부지깽이 꼬나들고
"느그덜 빨리 안 나올~래"
소리소리 칠 때서야
혼비백산 고추 잠지만
챙겨들고 산속 땅솔밭
숨어들어 안절부절

고마운 옆집 복님이 누나
거두어 간 옷가지 논두렁에
가져다 놓고 짓궂은 말
"느그 엄마들 회초리 들고
단단히 벼르고 있단다
어쩔~래"

얼마나 떨리고
무섭던지.

그러고도 언제 그랬냐고
이튿날 또다시 저수지
뛰어들던 철부지 꼬맹이들
팔순도 흘러버린 지금은
어디에서 어떻게들
살고나 있는 건지.

제4부 우리 동네

축복의 땅 봉황

남쪽에 자리한 덕룡산
우측에 건지산
좌측에 봉황산 태봉산
봉황이 나래를 펼친 듯

샛노란 황토 봉황
다도 일봉암 국사봉을 등에 진
광활한 나주평야
품에 안고 선 가난의 상징
한숨의 슬픈 황토 땅

장성제 연방죽
송현제 만봉제
모진 가뭄에 목마름
하늘 쳐다보는
천수답을 지켜내지 못했다

하늘 우러러 기우제
모셔도 불타는 오곡백과
발 동동 구르던
눈물 젖은 한 맺힌 땅

이젠
오동나무 기지에 앉아
하늘 향해 크게 울던
봉황의 꿈 이루어져

새로 탄생한 나주호 젖줄이
황토 황제 고구마
황토 복숭아 배 사과
수박 참외 오이 고추까지
당도가 높고 맛이 좋아
온 세상에 으뜸이라니

영롱한 아침햇살
갓 피어난 꽃봉오리
칠흑같이 어두운 밤
길을 밝히는 횃불

온누리 향해 하늘 높이
외치는 잠든 의식을
일깨우는 함성
정열과 의욕으로 타오르는
열망의 땅 축복받은
횃불이어라.

115   제4부 우리 동네

성천이 흐르는 은혜의 땅 나주

천년 목사골 나주에 가면 볼거리가 없다고 들 합니다
분명 무엇이 한참이나 잘 못 된 것은 아닐지?
선입견이나 의식에 문제는 없는지 반성도 해보고
다시 살펴볼 일이 아닌가 싶습니다.

내 고향 나주에 가면 금성영산이 있고 이화에 월백 하는
배꽃이 있고 도원 절경의 복숭아꽃도 핍니다.
나주 홍어도 있고 나주 배, 영산강 둔치에 노오란 유채꽃
나주평야 풍성한 먹거리도 지천입니다.

삼십팔 년이 지나도록 물 한 방울 안 나올 석고 성모님
상에서 향유를 뿜어 주시고, 눈물 흘리시고 피눈물까지
흘려주시며 끝없는 은총으로 세계적인 이목을 받으면서
수 천명이 오가는 성지가 있습니다

당연히 은총과 축복받아야 할 사람들 중에는 감사는커녕
이단으로 몰아붙이기 일쑤이고 성령의 징표조차 부정하는
자기모순의 일부 성직자들조차 있으니

성령의 믿음에 충실한 지구촌 성직자 순례자들 목이 타는
오아시스, 오늘도 진행 중인 살아있는 치유 은총의 샘물이
진실로 우리 나주에 있습니다.

일찍이 미국 부시 대통령은 백악관 조찬 기도회에
율리아 자매 초청한 세미나에서
"낙태는 살인"이라는 주장을 낙태금지법
미국 국가정책으로 채택한 바 있으며

천국에 계신 요한 바오로 2세 교황님은
교황청에 초대하여 면전에서
율리아 자매님 성체 기적을 목격하시고 강복해 주시고
가족들에게까지도 강복을 보내실 만큼 기뻐하셨습니다.

나라 안 힘 있는 일부 언론매체 동원하여
인권유린 범죄행위 마다않고 온갖 불순 세력들
음해와 모함 속에서도 하나도 흔들리지 않고
우뚝 선 치유 은총의 은혜로운 성천,
지금 이 순간에도 마를 날 없이
졸졸졸 안타까워 소리 내어 울고 있습니다

오히려 해외 지구촌 70여 국에서
추기경 대주교 주교 신부 수녀님 순례자들 봇물 터지듯
모여들어 행사 때마다 은총의 증언하기 시간이 바쁩니다.
교황대사 내외를 비롯하여
국내 외국사절 각 급 대사관 장군 내외 귀빈들까지
삐뚤삐뚤 구부러진 위험천만 신광리 좁은 고샅길 누비고
가이드라인 하나 없는
신광리 저수지 외길 낭떠러지 길을 외줄 타듯
밤낮으로 오가고 있습니다.

이 나라 혼돈의 시절에
함성의 횃불 높이 드신 민중의 기수, 민주의 얼,
원주 지학순 주교님은
"나는 나주를 굳게 믿습니다"
수난을 겪고 있는 나주를 수시로 방문하시어
친필 흔적 남기시고
위로와 큰 용기 주셨음을 어찌 잊을 수가?

삼십여 년을 벌과금 물고 지켜 이어 온
지구촌 어디에서도 찾아볼 수 없는 초라한 비닐 성전,
뜻깊은 대한민국 나주인 천년 목사골
볼거리 하나 없는 부끄러운 오늘을 소리 죽여 웁니다.

오죽하면 한불수교 130주년 기념행사를 기회로
심이 깊은 기사에서는 프랑스 "루르드 성지를 휴화산"
금성산 나주 성지를 계속 치유 은총이 베풀어지는
"살아있는 활화산"으로 표현
잠든 나주 지역사회를 아프도록 꼬집었습니다.

충남 서산 해미 순교지, 당진 버그네 순례길,
연계한 한국판 산티아고 순례길.
DMZ 산티아고 순례길 등
전국 지자체는 종교 관광지 개발에 혈안이 되고 있는데도

제발 천년 목사골 나주여!
세계적인 종교 관광지 활화산 같은
나주 성지가 모함과 음해에 짓눌러 있는데
수없이 꼬집고 두드려도 이 크나큰 은총을
언제까지나 모른 척 눈을 감고 있으련 지요?

봄 여름 가을 겨울이 가고 다시 봄이 와도
거침없이 지금도 계속되는 향유,
하늘이 내리신 무한한 사랑 치유 은총을 베 푸시는 성지,
성천이 흐르는 은혜의 땅
박해받고 외로운 안타까운 성령의 은총이,
우리 나주인이시어!
이 땅의 주인이신 당신 손을 기다리고 계십니다.

제4부 우리 동네

정월 대보름 밤. 솜이불

정월 대보름 밤 00시
한밤중에 둥근 온 달은
구름 속 숨바꼭질하시고

하늘의 문이 열리고
옥구슬 천사의 목소리

"외롭고 슬픈 우리 스승님!
장롱 속에 넣어 둔
솜이불 꺼내 보세요"

천사가 시키는 대로
온 방에 이불 홑청 펴고
이불솜 넣어 자크를
잠갔더니 눈에 한가득

예수그리스도 주님께서
자비로운 눈웃음
가슴을 활짝 열고
안아 주시네요

가여운 내 아내
그냥 떠나보낼 수
차마 없어서 밤낮으로
49재 진짓상 모시고

남은 건 180 – 110
유리알 같은 "고혈압"
한밤중에 혼자 잠들었다가
어느 순간에 아무도 모르게
죽을지도 모른다는
"부정맥" 뿐인데

눈물 젖은 베갯머리
밤새워 지켜주고 계십니다.

이제는 미련도 여한도
씻어버리고 삶도 죽음도
오로지 주님의 뜻에 따라
아멘!

은혜와 사랑
성령의 은총에 감사
깊은 감사를 드립니다.

121

온누리 장미 향

가슴에 화상을
입을 만큼
뜨거운 입김

늦은 밤
별이 춤추고
달이 멈춘 방죽길
오가며

따뜻한 손잡아
체온으로 느끼는
티 없는
소중한 씨앗

모진 가뭄에
단비 맞으며
이제야 신광지
진달래 철쭉

온누리 뒤덮은
장미 향
영롱한 아침이슬
메마른 가슴에
꽃망울 터뜨립니다.

선택받은 소명

그대 몸은 천근이고
만근인 짓눌린 고통인데
시방
누굴 위한 기도입니까?

섬섬옥수
비단 같은 마음
몸도 따라 한참 물 오른
청춘이면 얼마나 좋을까

몸은 잠시 빌린 그릇일 뿐이니
스스로 선택받은 소명
마음 하나 만은
바래지 않는 빛으로

서리가 내린 긴 세월을
영원히 꺼지지 않는
장작불처럼 타오르는
어두움의 길을 밝히는
횃불이었음 싶구려

123

제4부 우리 동네

순명

남들은 축복으로 기뻐하는 날
극심한 보속 고통으로 시달리는
안쓰러운 대리자여

한 평생을 지고한 순명으로
십자가의 길을
말없이 걸어가는 천사

아무리 도리질 쳐도
보는 양심의 눈엔 견디기 힘든
고통과 안타까움뿐이다

인간의 육신으로 갖추어진
한계 때문에 고희를 넘긴
연륜이 더욱 숨이 막힌다

다시 밝아 오는 이 새벽에도
뼈아픈 사슬의 고통, 쾌유를 비는
다만 간절한 기도만 드린다
한 오라기 작은 양심으로….

빛과 소금

어두움에
길을 밝히는
횃불이 되게 하시어

귀하고 소중한 생명
이 험한 세상에
태어나게 하시어
동방에 길 안내자
만들어 주신

주님 성모님께
깊은 감사를 올립니다.

거친 세파에 부디
건강 꼭 지켜 주시어
천세를 누리도록

지구촌 온누리
어두운 길에
빛과 소금이
되게 하여 주소서!

새 생명의 씨앗 하나

죽음의 검은 수술대 위
대장암 말기 30cm
싹둑 잘려 나간 몸 조각
죽는 줄로만 알았습니다.

얼마나 독한 약물이었으면
한 모금 입맛조차 거부하고 마는
비정한 체질이 되고 말았을까
저승길 가는 줄만 알았습니다.

마른 가지에 물오르고 다시 온 봄
나비 한 마리 병실 창가에 춤추며
개나리 진달래꽃 뻐꾹새 울던 날
검고 긴 겨울잠에서 깨었습니다.

지축이 울리고 꺼질 듯 허무는 땅
새 생명의 씨앗, 밀알 하나를
샘이 마르지 않는 가슴속 텃밭에
꼭꼭 다져 심기로 하였습니다.

혈관이 숨어요

늙고 병이 들어
깡마르고 야윈 팔뚝
거친 새끼 핏줄인데

백의의 천사
섬뜩한 주삿바늘
누가 보았을까
혈관이 숨어 버려요

천사의 예쁜 콧등이
땀방울 송골송골
몸 안의 핏줄을
누가 숨겼을까

하찮은 몸인데
이 몸 지어주신 하느님
뜨거운 은총 눈물로 녹아
주름진 얼굴을
도랑 되어 흐릅니다.

* 도랑 : 매우 좁고 작은 개울(순,한글 표준말)
* 개울 : 골짜기에서 흘러내리는 작은 물줄기

제5부 소박한 꿈

톱니바퀴

산이 깊으면
물이 고이고
물이 흐르면
산 그림자 따라 흐른다

양지와 음지가 있고
밤이 깊으면 어김없이
새벽닭이 아침을 운다

우주 삼라만상의 섭리는
오늘의 순간순간들을
추호의 착오도 어김없이
지은 대로 물고
돌고 도는 톱니바퀴

한순간도 뉘우치는 마음
놓아선 안 되는
인생은 용서가 없는
엄숙한 숙명인 것을

화이자의 꽃밭

어느 숲에서 시들어가는
이름 없는 꽃들인가?
휠체어에 시든 몸
수도 없이 모여든다.

몇 년을 더 살 수 있다고
한순간도 떨어지지 않으려
자식들의 효성이
고목에도 활짝 꽃을 피운다.

코로나 대재앙을 피하여
어디에다 꼭꼭 숨겨 두었길래
방역 소리에 용기 내어
모시고들 나왔는지?

아직도 우리에겐
시들지 않는 천륜이
아름답게 꽃 피우고 있다는
가슴 뿌듯한 자긍심을 본다.

삭막한 들판에
이름 없이 꽃 피운
짙푸른 초원이
한없이 곱기만 하다

제5부 소박한 꿈

사육(飼育)

옆구리에 시장 백 매고
늙고 노쇠한 동물
죽지 않기 위하여
사육의 시장길 나선다.

아궁이에 불 지피지
않고도 익혀진 음식들
얼마든지 구할 수 있어
그래도 지금은 복 받은 세월

수많은 젊고 늙은
시장 파도 너울 타고
한 짐 가득 채워지고

한숨 눈물범벅이 된
비 내리는 사육의 장터
뚜벅뚜벅 걸어서 간다.

사금파리

동네 어귀 고샅길 따라
물보라 꽃피우며
소낙비 지난 뒤

보석처럼 빛나던
사금파리
나막신 밑에서 고분고분
바스락 바스락
으스러지는 순종

고사리 고운 손이
주어다가 밥상 차리고
나물 무치던 소꿉동무
어린 시절 그 소녀

하얀 서리 내린
쭈글쭈글 보고픈 할망구
지금은 어느 곳 어디서
홀로 늙어가고 있는지

행여 매정스레
죽지는 않았을지
지금도 고샅길 지키는
열녀 같은
안개 서린 사금파리.

제5부 소박한 꿈

시인의 혼

해를 품고자
뜬구름
하늘을 날고

어두울수록 더욱 선명한
밤 하늘에
달과 별 꿈

따사로운 어머님의 품
대지 위에 기개를 펴고

초연한 인간
달구어지는 가슴으로
꿈 그리는 화상 쟁이.

장마 비

2020 경자년 코로나19는
동서남북 지구촌 온 동네를
한 올 미련도 없이 사시사철
공포의 도가니에 가두어 두고

장장 54일을
사상 초유의 장맛비는
통째로 집어삼킬 듯 연일
동이 비로 쏟아부었네

나라 안을 빙글빙글
두물머리 돌고 돌아
남, 북한강 임진강이
핏빛으로 소용돌이 치고

금강 영산강 낙동강
울지 않은 강이 없고
영호남이 머리 두른 섬진강
화개 장터 수중 궁궐 이루었네

아직도 넋을 놓은 속 빈 자여
자연의 순리를 어긴 응징인데
소리 높은 귀뚜라미 매미소리
석양을 슬피 우는
맹꽁이 소리만 쓸쓸하구나.

제5부 소박한 꿈

이름 없는 들꽃

산과 들 길가에
휘늘어지게 핀
이름 없는 들꽃

오월의 장미처럼
백합처럼
아름답진 못 해도

나만이 간직한
순수한 체취(體臭)
바람처럼 비처럼
빼앗아 가지 마세요.

누가
물 한 모금
준 적 없어도
홀로 핀 들꽃

마냥
짓밟고
지나치지 마소서.

소박한 꿈

팔순의
나이테 따윈
지워 버리고

벤허
슬기로운 별자리
온유와 사랑으로
한 몸 되어

내 인생
꿈을 향한
도전장을 낸다.

---

* 벤허와 메살라의 마지막 경주(선과 악)에 출전하여 승리를 이끈 별자리 넷.
1. 리겔 : 오리온자리, 2. 안타레스 : 전갈자리
3. 알데바란 : 황소자리, 4. 알타이르 : 독수리자리

제5부 소박한 꿈

바람꽃 바리데기

눈과 귀 먼 소경이
내 소중한 것 외면하고
울타리 넘어 부러워
바라보며 살았습니다.

물동이 물바가지 하찮은
쏟아져 내리는 청아한 물방울
상쇠와 장고 징 풍장소리
대금 가야금 거문고 피리 소리
지친 우리들 혼이 담긴 소리

거센 바다 태풍의 상투 쥐고
성난 사자후 뒤흔들었다가
마음껏 미치고 환장하게 퍼질러
한낮 작열한 태양 핏줄기 아래
소름 돋아나 발 동동 구르네.

앞치마 옷고름 눈물 찍어 감추며
있는 듯 없는 듯 숨죽여 살아온
버려져서 외면당한 슬픈 바리데기
한 서린 가슴앓이 텃밭의 울음소리.

*"바리시나위 바람곳"을 보고
* 풍장소리 : 징 장고 꽹과리 소고 등 농악에 쓰이는 풍물을 일컫는 말
* 시나위 : 씻김굿이나 성주굿에서 피리 장구 해금 징 등으로 연주하는 기악 합주
* 바리데기 : 천스럽게 버려진 버리데기 무당의 원 조상, 공주의 신분이었음

인간 근원의 문제인 생(生)과 사(死), 다양한 담론

조서희 (대학교수, 문학평론가)

이문희 시인의 첫 시집 『아내의 빈 의자』는 슬픔과 그리움에 대한 이미지들이 유기적으로 연결되어 하나의 형상을 이루고 있다. 이문희 시인은 이러한 이미지들을 일상에 섬세하고 탁월한 시어로 그려내고 있다.

이문희 시인의 시들은 진술하면서도 따뜻하다. 아내를 그리워하며 살아가는 노년의 삶을 담담하게 그려내면서 우리에게 잔잔한 감동과 위로를 준다.

> 부천 순천향병원 중환자실
> 내 아내 면회를 갔습니다
>
> "엄마, 우리 식구 찾아왔어
> 엄마가 가장 보고 싶은
> 아빠랑 우리 남매 찾아왔는데
> 왜 눈도 안 뜨고 말이 없는 거야
> 눈이라도 떠서 우릴 보라고"
>
> 목메어 우는 아이들 곁에서
> 흔하디흔한 사랑한단 그 말
> 인색했던 뉘우침이 피를 토하듯
>
> "여보 사랑해. 사랑해
> 사랑한단 말이야."
>
> 아무리 얼굴을 감싸고 어루만져도
> 이미 식물인간 된 아내는
>
> 입술만 몇 번 움직이다가
> 아는지 모르는지

눈도 못 뜨고 맙니다

주님, 성모님, 하늘이시여
조상님, 삼신님, 조왕신님

안쓰럽고 불쌍한 내 아내
제발 살려 주소서
제발 좀 살려 주시 오소서.

「흔하디흔한 그 말」 전문

이문희 시인의 「흔하디흔한 그 말」에는 이문희 시인의 아
내에 대한 애틋함과 사랑이 잘 표현되어 있다. 아내를 잃
은 시인의 눈물 나는 생애가 중심에 있고 서사적인 구성에
빼어난 서정성이 잘 돋보이는 시들로 보기 드문 작품들이
다. 생전에 아내에 대한 사랑을 제대로 표현하지 못하고
뒤늦게 아내의 부재를 느끼며 후회하는 아내를 향한 그립
고도 참회하는 마음을 담은 시들은 그래서 더 눈물겹다.

이문희 시인의 시는 탄탄한 구성력 안에서 문학적 상상력
을 잘 구현한 작품으로 평가된다. 또한 그의 시에는 인간
근원의 문제인 생(生)과 사(死), 그리고 다양한 담론들과
인생철학이 담겨 있다.

전혀 피 한 방울
섞이지 않은
남남으로 태어나
부부라는 이름으로 만났다

서로 다른 광산의 광석도
용광로에 넣고 함께 끓이면
한솥의 끓는 용암이 되어
강철이 되고 명검이 되듯이

내 핏줄로 이어진

138

내 부모 내 형제
자식들 모두 다
뜬구름 되어 사라지고

찬 서리 내리고
체온 식어가는 어느 날
남 몰래 뒤돌아서 우는

가장 소중한 무촌(無寸)
죄스러운 후회만 남겨 놓는
없어서는 안 될 귀중한 자리.

「아내의 자리」 전문

지금은 세상을 떠나고 없는 아내를 그리워하는 마음으로
한 편 한 편 써 내려간 눈물겹도록 시리고 아름다운 시들
은 화자의 눈물 나는 생애가 중심에 있고. 어린 막내딸이
서 있다.

이문희 시인의 시작 활동을 통하여 얻어낸 시 정신은 깨달
음의 경지이며 인생의 철학이 고스란히 묻어 있다. 그래
서 상처와 아픔, 그리고 그 치유의 노래들이 가슴 시리다.

장마비를 맞으며
뽀오얀 물안개 속을
우산을 지팡이 삼아
쌀몸으로 비를 맞고 간다

보는 이 마음만 젖을 뿐
추적주적
아무렇지도 않게
빗속을 걸어서 간다

30여년 전 세상 떠난
엄마 따라간다고 한다
짐 보따리 싸서 함께 가자고
먼저 간 언니가 손짓한다고 한다

말리는 사람 눈에서
눈물이 흐르고 가슴 시려도
가는 사람 무엇에 홀린걸까
태평스런 젖은 저 눈빛.

「치매」 전문

이문희 시집 『아내의 빈 의자』에서 화자는 과거와 현재, 미래를 같은 선상 속에서 바라보고 있다. 그 시선을 따라가 보면 하나의 쓸쓸한 그림을 그려내고 있다. 아내의 파랑 같은 생을 중심에 둔 서사적 구성 속에서 한편 한편이 짙은 서정성을 성취하고 있다.

이문희 시인은 등단 이후 어떠한 시류에도 곁눈을 주지 않고 자기의 길을 묵묵히 걸어온 시인이다. 그가 짜낸 시편들의 진정성은 그 연유 때문일 것이다.

함백산 추모 공원
봉안실 창밖
수백 수천의 희고 고운 꽃봉오리
말없이 흐느끼고 있다

살아생전 너를 반겨
유난히도 애지중지
반기던 임
차디찬 옹기 안 말이 없는데

한 잎 두 잎 떨어져
나뒹그러진 안쓰러운 모습

산자의 가슴
애처로이 후비며
서러운 빈 하늘

한 그루 낙엽 진
하얀 목련.

「하얀 목련」 전문

바람 따라 춤추는 나비
내 곁을 잠깐 스치다가
눈물방울이 되어 떨어지고
마는 흔적 없는 당신

잠시 잠깐 내 곁에 머물듯
가버린 그대여
다시는 만나지 못할
흔적 없는 한 방울 눈물

밤새 춤추는 군무
어둠 속 찾아 헤매는
나의 눈동자 속에 애가 타게
당신 얼굴을 그립니다

한평생을 울어야만
그대를 지울 수 있다면
내 전 생애를 당신
그리워서 울겠습니다

당신이 내 기억 속
숨 쉬는 그날까지 만이라도
정신이 혼미해질 때까지
실컷 울겠습니다

첫눈처럼 당신에게
가겠습니다.
「첫눈」 전문

시 「하얀 목련」에서는 한 그루 하얀 목련을 아내로 묘사하고 있고, 「첫눈」 시에서는 아내를 향한 그리움과 기다림을 /'첫눈처럼 당신에게/가겠습니다.'/ 라고 표현하고 있다. 이때 화자는 그리움과 기다림 그리고 만남에 대한 추상적인 관념들을 눈에 보이는 사물로 형상화하여 보여준다.

이문희 시인은 그리움과 만남에 대한 기대를 '첫눈처럼 당신에게/가겠습니다.'란 의지를 강화하고 화자가 소망하는 세계에 대해 말하고 있다.

치유는 슬픔을 표현하는 것에서부터 시작된다는 말이 있다. 이문희 시인은 내밀한 슬픔을 진정성 있게 표현함으로써 치유를 받고 있다.

인간에게 가장 궁극적인 질문은 '죽음에 관한 질문'이 아닐까 싶다.

Pennsylvania, Parkesburg에서 9세대 동안 장의사를 해 온 칼렙 와일드는 그의 저서 〈길들여지지 않는 슬픔에 대하여〉에서 "죽음은 한번 스치고 지나가는 경험이 아니다.

인생 전체에 걸쳐 반복적으로 발생하는 것"이라며 "사람은 죽음을 경험할 때마다 마음을 열고, 공감. 이타심. 축복. 이해가 마음을 새롭게 만들어주는 것을 경험하게 된다"라고 했다. 사랑하는 사람들과 끊임없이 이별하는 과정에서, '길들일 수 없는 슬픔'을 이야기하고 있다. 장의사 칼렙 와일드는 수많은 죽음을 장례 하며 깨달음과 통찰을 얻었을 것이다. 이문희 시인 또한 깨달음과 통찰을 통해 우리에게 위안을 주고 있다.

이문희 시인에게 사랑은 꽃이 지는 슬픔이나 빈 나뭇가지가 흔들리는 아픔보다 더 시리고 아프다. 꽃도 새싹도 새봄이면 다시 피어오르지만 한 사람을 그리는 마음은 아무 기약도 속절도 없다. 그럼에도 이문희 시인은 사랑하고 기다리며 눈물 훔치는 일을 한시도 멈추지 않는다.

섬세한 감성을 문장에 매끄럽게 담아내는 능력이 탁월한 이문희 시인의 시에는 서정의 힘과 깊은 사유가 조화를 이루어 특유의 시의 세계를 창출하고 있다.

우리 인생에 사랑만큼 크고 깊은 것이 있을까.
그늘이 지지 않는 햇빛은 없다. 우리는 밝은 햇살이 얼마나 눈부신 것인지를 어둡고 힘든 역경 속에서 깨닫는다. 고통이 있기에 기쁨이 있고, 상처가 있기에 사랑이 있다. 때문에 눈물의 의미를 모르는 사람은 기쁨을 온전히 이해할 수 없다.

아내에 대한 애틋한 사랑이 고스란히 담긴 이문희 시인의 첫 시집 『아내의 빈 의자』에는 인간 근원의 문제인 생(生)과 사(死), 다양한 담론들과 인생의 철학이 담겨있다.

평범한 일상 언어로 생과 죽음을 포착해내는 자전적 시편들이 가슴 저린 감동을 불러일으키고 있다. 앞으로 이문희 시인이 우리 시의 지평을 넓혀가는 데 한몫을 하리라 기대해 본다.

아내의 빈 의자

이문희 시집

2023년 8월 21일 초판 1쇄
2023년 8월 23일 발행
2023년 9월 25일 2쇄
2023년 9월 26일 2쇄 발행
지 은 이 : 이문희
펴 낸 이 : 김락호
디자인 편집 : 이은희
기 획 : 시사랑음악사랑
연 락 처 : 1899-1341
홈페이지 주소 : www.poemmusic.net
E-Mail : poemarts@hanmail.net

정가 : 12,000원
ISBN : 979-11-6284-466-3